청어詩人選 435

강정식 시집

시간이 쌓이면

청어

시간이 쌓이면

강정식 시집

시인의 말

난 시의 이론이나 쓰기는 체계적으로 부족하다.
시와는 거리가 먼 금융업에 평생을 종사했다.
어쩌면 시를 독학으로 배웠다 해도 과언이 아니다.
이번이 네 번째 시집으로 초고는 많이 썼지만
정작 활자화된 것은 천여 편이다.

앞으로 언제까지 시를 쓸지 나 자신도 모른다.
하지만 내가 쓴 시들의 본령(本領)은 분명히 안다.
그것은 내가 살아온 어제에 대한 그리움,
그리고 오늘을 함께 지내지 못한
소중한 이들에 대한 그리움이다.

나의 어머니께선 김치와 된장을 참 잘 담그셨다.
그 맛 또한 최고였다. 그런 어머니의 손맛을 전수받은
아내가 간 지 10여 년이 되었다. 나는 이 시집에
사랑하는 아내와 가족에 대한 그리움을 담았다.

오직 가족을 위해 노동으로
헌신하신 아버지의 사진 앞에서,
흩어져 사는 애들을 생각하며,
독자와 나 스스로를 위해서
고된 시 쓰기를 계속할 것이다.

2024년 갑진년 연초
홍파 강정식

차례

2부 오늘을 멋있게

3부 헛소리

4부 그리움과 외로움

5부 꽃잎이 떨어지는 날

시평

1부

시간이 쌓이면

시간이 쌓이면

찰나는 순간을 만들고
시간이 모이면 세월이 되는데
우리들 현재는
언제 흔적도 없이 사라질지
아무도 모른다

모르기에 산다

내 미래를 먼발치서 보면
허무하기만 한데
그래도 기 쓰며 사는 건
아직 어떤 미련이 남았다는

기대가 있기 때문이다

야생화

가꾸지 않아도 잘도 자라는 풀
꽃이 아닌 게 없구나
결국 풀들은 꽃이다
울타리 안 텃밭
김을 매지 않아 수풀이 우거져
꽃밭이 됐다
내가 이름을 아는 꽃은
질경이와 금낭화 토끼풀 민들레…
민들레 흰 꽃은 토종이고
노란 꽃은 외국산이란다
아내가 있을 때는
선택된 꽃들만 있었는데
지금은 모든 풀들이
야생화 천지를 이루고
난 그 속에 끼어 살면서
오늘을 산다

얼빠졌던 날

엄청난 일이
갑작스럽게 닥쳐왔을 때
나는 잠시 넋을 잃는다

내가 살아 있는 동안
있었던 일
아버지와 어머니
아내가 먼먼 곳으로 가던 날

그동안 혼자서
이래저래 살아가는데
내가 진작부터 어렵게
여겨왔던 나만의 바람이
아직도 이뤄질 낌새가
안 보이네

밤하늘을 보며

서럽도록
차가운 별빛들이
내 머리 위로 쏟아질 때
나는 진저리 치며
그분들에 대한 기억을 찾아
밤길을 걷고
다시 볼 수 없는 그들
찰나의 한때를 두려움 없이
잡아 가슴에 품고
수그린 고개를 든다

인생은 약속

내가 태어나서
자라고 배우고 일하며
살다가 가는 것은
모두에게 약속이다
사랑하고 슬퍼하고 괴로워한
그 많은 인연들
앞뒤 순서 없이 떠나들 가지만
어디선가 만나
안부를 묻고 전하며
영생의 길을
오붓하게 가리

빈집 빈방

대문이 열려 있어
누가 집에 왔나 하고
부리나케 들어가니
아무도 없네

방문이 열려 있어
황급히 들어오니
역시
아무도 없네

늘 나 혼자였던 것을
여태껏
알면서도…

신발장

고무신은
바다로 가자 하고
등산화는
산으로 가자 한다
운동화와 구두는
말들만 하지 말고
아무 데라도 떠나자고 하는데
정작 신발 주인은
이 세상에 안 살고
신발장 속 신발들만
떠든다

당신은 갔지만

먼먼 나라로
다시는 올 수 없는 길
갈 수는 있지만
돌아올 수가 없는 곳
사람들은 말하지요 간 사람은 갔지만
산 사람은 살아야 한다고
나는 이 말대로
잘사는지 못사는지는 몰라도
여러 해를 살았다오
이 세상 사람들
언젠가는 당신이 있는 곳으로
다들 가겠지만 그 순서가
다를 뿐이라오

난 뭐냐?

집에서 아침저녁으로 난
말할 상대가 없어
혼자 우두커니 있을 때가 많다
무얼 생각하는지조차
모르겠다 다만 앞뒤 정원의
숲속에서
까치와 까마귀와 참새들이
무엇이 그리 좋은지
재잘댈 뿐이다
오늘 아침에도 변함없이
동쪽 문으로 햇빛이
방안을 가득 채운다

이혼하는 사람들

왜 이혼하느냐고
물으면
대부분 성격 차이라고들 한다
성격은 처음부터
안 맞는 게 맞는데

여자와 남자가 맞을 리 있나
자라온 환경 등…

물론 짧으나 기나 살다 보면
긴박하게 이혼할 사유가 있지만
흔히 이유로 대는 성격 차이는
핑계일 뿐
어지간하면 서로 맞춰가면서
사는 게 어떨지

길을 걷다

포장도 제대로 안 된 도로를
너는 앞만 보고 걸었다

나는 그 뒤에서
멀찌감치 뒤따랐다

그것이 전부였다
내가 먼저 그 길을 떠나
지금 예 와있는데
너는 이미 나보다 훨씬 더 빨리
그 길을 떠났다

난 지금도 걷고 있는데

사는 맛

추억과 미래를
잘 섞어서
현실을 살면 살만할 거야
비 오면 비 맞고
눈 오면 눈길 내며
바람 불면 낙엽과 같이 뒹굴어
흙먼지 묻어도
좋은 사람 옆에 있다면
이 세상 살만할 거야
나에겐 희망이지만

개꿈

어젯밤
가당치도 않은
꿈을 꾸었다

이미 이승을 떠난
사람들과 한 무리가 되어
일상을 같이 하며
희희낙락대다가
깨어났다

이런 꿈 얘기를 하면
"그건 개꿈이에요"
하던 아내도
사실은 같이
있었다

코웃음

세상이
코웃음이다

정작 본인들은 모른다

나도 누군가에게
코웃음 거리로
보일지 몰라

영끌

아파트
주식
땅
개천에서 용은
대도시로 가고
투자와 투기의 혼동은
계속되고
누가 세상을 이렇게 만들었나
결국 우리에게 올
메아리

진실과 괴담

괴담이 퍼지면
처음엔 그럴싸해
괴담이 이긴다

그러다 한참 후에는
진실이나 과학이 이긴다

그 싸우는 과정에서
사람들은 많은 고통을 겪고
혼란이 가면
결국 아무것도 아닌
허망과 맹물

의식주

의식주만 해결된다고
멋진 삶을
이룰 수 있을까?
아니지 여기엔 사람과 사람의
끈적끈적한 인연과
사랑과 배신과 용서가
어우러진 세상이래야
근사한 세상을
만날 거야

촌뜨기

산골
시골뜨기가
대처에 와서
좋은 직장에 있었고
자녀들 잘 키워
번듯한 직장 갖게 하고
시 쓰고 취미생활 하고
아직은 건강하면 됐지
뭘 더 바라나
하지만…

힘이 있어야

한국전쟁 3년간
국군과 인민군 미군 유엔군
중공군 전사자만 수십만이다
냉전의 이념이 영토를 갈라놓고
우리의 뜻과는 상관없이
분단의 조국이 됐다
결국은 힘이 약해서다
폭탄 중 핵보다 더 무서운
무기가 만들어진다면
세계의 전쟁은 없어질까
대륙과 해양 지정학적 요충지에 위치한
한반도 이 땅에 태어난 것이
불행인지 다행인지는 몰라도
국가나 개인이나
결국은 힘이 있어야
그 바탕 위에서 뭔가 이뤄지지

내 꿈은

사람에게는
누구나
꿈을 가지고 있다

그 꿈을 가지러 가는 길목에
무지개가 있다는 것을
난 한참 후에 알았다

무지개는 보고 싶다고
아무 때나 볼 수 없다
결국 모든 게 꿈이다
세상을 아등바등 살아온 것도

그림자

내 곁을
떠나지 않는 자
다만
빛이 없으면
잠시 사라졌다가
빛이 나면
다시
나타나
나를 돌아보게 하는
동반자

현실과 이상

눈 뜨고 보면
현실(現實)이고
눈 감고 보면 이상(理想)이다
내가 그녀 옆에서
남이 되었을 때
난 그를 마음과 가슴의
눈으로 보았고
현재(現在)를 피해
오직 미래(未來)의 달콤한
이상(理想)만 품었다
모질게 끝난 반쪽 사랑 같은 거
비록 시방도
눈감으면 떠오르지만
현실(現實)과 이상은 공존(共存)하는
내 삶의 한 모습이다

삶의 등급

나는
몇 등급의 삶을
살고 있을까

최선을 다하였는지
차선이나 차하라도
되었는지

산다는 게 다 그래
나 자신을 한 번쯤
되돌아볼
필요가 있지

미역국

우리의 어머니들은 모두
아이를 낳으면 미역국을 먹었다

현재 의학이 고도로 발전된
산후조리원에서도
미역국은 여전하다

순산한 아이가 울음을 터트릴 때
어머니를 통한 미역국이
최초의 음식이었다
어머니의 어머니가 해온
따끈따끈한 미역국 한 대접은
어머니를 일으키는
보약이었다

겉만 보기

아무렇지도 않은 듯
겉보기엔 그러해
가슴속으론 열병을 앓아도
너는 내 속을 알 수 없어
수월하게 살려고 작정했지
속 탄다고 누가 동정해 주나
철없을 때는
우격다짐으로 살았지만
시방은 아니야

집안일

어머니와 아내
며느리가 온종일
종종걸음 걷다가
평생을 다 보낸다
보상도 없고 고맙고 감사하다는
말 한마디 제대로
들은 적 있는가
나부터 그랬지만

보름달

어렸을 때는
신비하기만 했던 달
사람이 다녀온 후
옥토끼도 사라지고
절구통도 안 보이네
집안에 어려움 있을 때
정화수 한 사발 떠 놓고
소원 빌던 어머니
그 시절도 옛이야기
싸늘한 달빛만
내 가슴을 파고든다

청소

먼지는 털수록 더 나온다
커튼이나 방석
옷과 담요 이불은 흔들고
바닥은 청소기 돌리고
걸레로 닦는다
깨끗하다
며칠이 지나면 또 먼지가
묻고 쌓인다
결국 난 먼지를 떠날 수 없어
같이 살기로 했다

오리무중

내가 없으면 모든 것들이
없다는 사실을
알지 못한다
존재의 가치가 점점
희박해지는 것은 세월 때문인가
오늘보다 더 나은
내일이 있다 하더라도
나 없으면 모두가
바람일 뿐이다

노동서원

홍천 서면 어유포리 소재
노동서원은 원래
노일리에 있다가 이곳으로 옮겼다는데
육하원칙도 적용이 안 되네
다만 조선시대나
구한말쯤 이곳으로 옮겨져
지금까지 있는 걸로 알고 있을 뿐
고려 때 두 충신을 모시고
그 고도의 정신문화와 인본사상을
본받아야 할 우리
허나 시대가 너무 변해
존재의 가치만을 느끼고
해동공자의 가르침을 이행치 못하네
초여름 긴 해는 저물어 가는데
동서재에서 학동들의 글 읽는 소리
내 귀에만 낭랑하다

한서의 유품

서면 모곡리 유리봉 앞에
한서의 기념관이 있는데
책 이외엔 별로 없고
돋보기 하나만 달랑 진열장 안에 있구나
한서* 선생이 본 그 넓은 세상
사람은 배워야 한다
사람은 알아야 한다
그래야 내가 있고 나라도 있고
모든 게 있느니라
힘없는 민족은 망하느니라
힘을 길러야 하고 하나로 뭉쳐야
자주독립을 하느니라

*한서는 남궁억(구한말의 교육자, 독립운동가, 종교인) 선생의 호임

나이테

나무도 나이를 먹는다
한 살 두 살…
사계절 따라 크는 대로
나이를 먹는다
사람은 숫자로 나이를 세다가 가지만
나무는 나이테로 살다가
고목이 되기도 하고
베어지기도 하고
송진과 관솔과 숯덩이만 남기고
산을 떠난다

편지

요즘 세상에
편지는 웬 편지
먼먼 미지의 하늘나라에 간 당신에게
전화가 통하지 않아
편지라도 해볼까 하나
그 또한 되지 않소
당신이 간지 여섯 해
지난봄과 초여름에
당신과 아주 친하던 두 사람이
그곳으로 갔지요
이제 셋이서
화투라도 치면서
이승의 소식을 듣구려
당신이 그렇게도 귀하게 여기던
손자들과 외손자 손녀들은 다 커서
초중고대생들이 됐다오
난 그럭저럭
잘 먹고 잘 살고 있다오

진짜 가짜 뉴스

요즘
진짜 뉴스가
가짜 같으니
가짜 뉴스가 판을 친다

시시때때로
쏟아져 나오는 뉴스들
어느 것이 진짜이고 가짜인지
분간이 안 되는데
좋은 소식은 진짜이고
나쁜 소식은 가짜이길…

참 살기 좋은 나라인가

한 시간 일하면
오십 때의 밥을 지을 수 있는
쌀을 살 수 있어
최소한 굶지는 않는다

금요일 저녁부터 휴일이다
한 주일에 쉰두 시간 일하고
그 이상 일하면 혼줄 낸단다
이런 좋은 조건의 나라가 흔치 않은데
왜 이리 불안할까
다만 이런 조건들이
얼마나 지속될까
의문이 자꾸 가는구나

화전민

짠지에 옥시기밥 먹고
짐치 얹어 메밀국시
눌러 먹었다
수채로 흐르는 물
다랭이 논빼미에 대고
아부지와 어머이 성님
흙 묻은 손발 씻는다
그래도 좋은 때 있었지
시방은 이걸로 족해요
사랑은 이담에 하지유 뭐

*강원도 방언을 사용하였음

교회에 나갑니다

몇몇의 지인들이 모여서
명절 때와 부모의 제사
얘기가 나왔다

한 지인이 "우린 제사 같은 거
안 지내요 교회에 나가니까"
그 옆의 지인이
"그럼 기도 하나요 아무 것도 안 하나요?"
말이 없다
잠시 침묵이 흐른다

여건이 안 맞아서
못 지내는 경우는 있을지언정
교회 핑계를 대는 건
좀…

고장 났다

텔레비전 음성이 고장 났다
화면만 나온다
이번엔 화면이 고장 났다
소리만 난다
듣고 보기가 각각 고장 났을 때
참 갑갑하고 답답하다
육신이 멀쩡하다는 게
나에겐 얼마나 다행인가

누룽지

밥솥 밑바닥에는 늘
어머니 마음이 가라앉아 있다
보리쌀 옆에
쌀 한 줌 따로 넣어
새로 지은 밥
아버지와 나에게만 퍼주었다
어머니는 쌀밥은커녕
보리밥도 제대로 못 드셨지
이런 얘기를 요즘 애들한테 하면
꼰대라 비웃는데
누룽지 한 대접으로 끼니 때우신
어머니의 덕택으로
이만큼 살게 됐느니

어떤 행복

그는 그의
친구 집에 찾아올 때
맨손으로
오지 않는다
막걸리나 소주
한 병이라도
꼭 들고 온다
한 사람은 고철이나
폐지를 줍고
그의 지인은 막노동 인부다
가족은 없고
혼자들 사는데
언제나 얼굴엔
웃음이 가득하다
근심 걱정 없는 듯
그날이 그날이다

2부

오늘을 멋있게

오늘을 멋있게

지금 있는 데서
근사하게
살자

어제는 지나갔고
내일은
아직 오지 않았네

오늘 이 순간을
멋있게 살면
그게 바로
행복이라는 거지

입맛

입맛이 좋으면
밥맛이 달다고 하고
반대로 입맛이 없으면
밥맛이 쓰다고들 한다
단밥 쓴 밥이 어디에 있나
내 몸 상태에 따라
느끼는 것
내가 사는 것도
마찬가지지
달기도 하고 쓰기도 하고

떡국

나이를
먹는다고
떡국을 안 먹는다는
젊은이들
그럼 서양인들은
맨날 늙지 않고
젊게만 사나

변장

마스크로
입과 코를 가리면
반쯤은 알아보고
거기다가
안경을 쓰면 조금 더
몰라보고
선글라스라도 쓰고 모자 쓰면
딴 사람이다
사람들은 변장을 하고
거리를 활보하는데
저쪽에서 보면
나도 그렇겠지

먼지

털고 닦아도
먼지는 계속 생긴다
난 먼지 속에서 살고
먼먼 우주에서 보면
나도
먼지다

모르겠다

날씨는 차가운데
햇볕이 따뜻한 건 왜 그런 건지
모르겠다
해마다 반복되는 일들이지만
겨울 한복판 가장 춥던 날과
한여름 무덥던 날을 비교하면서
사람들은 참 간사하고 변덕스럽다는 걸
나부터 그런 걸 왜 그런지
모르겠다
알면 알수록 배우면 배울수록
모르는 게 더 많은 건
사는 게 단순하지 않은
사람이기 때문인가
모르겠다

모르고 살았다

내 곁에
식구들이 있었을 때는
그냥 있으려니 하고
살았다

시방 내 주변에는
아무도 없고
나 혼자가 일상이 됐다

벅적대던 가족들이
모두 떠나고 나니
남는 건
젊은 시절 흔적뿐

나와 같은 경우가
더러들 있을까

내로남불

옳은 것을
틀리다 하고
틀린 것을 옳다고 우기는
그대들은
짐승이거나 괴물이거나
어제 일을 오늘은
반대로 말하니
그대들의 혀에는
무엇이 깔렸길래
자고 나면 거짓말
누굴 위한 말씀인가

베니스의 카사노바
-유럽여행

카사블랑카는 카사노바가 태어난 곳
세계의 여인들을 마음대로 희롱하고
위로는 황후와 아래로는 하녀에 이르기까지
여인을 탐냈던 그는
머리가 명석하고 당대 최고의 법률가고 박애주의자니
수백 년 전 베니스의 사나이가
후세인들의 입에 오르내리는 건
베니스의 아름다운 미항의 여로 때문일까

수상도시 베니스 1
-유럽여행

베니스 가면축제 날
세계 사람들의 인종전시장 같구나
황색인 흑인 백인 할 것 없이
인산인해를 이룬 베니스는 나무막대를 바다에 박아
그 위에 돌 쌓고 흙 부어 만든 인공도시란다
흉노족의 침략을 피해
살기 위한 터전을 바다에 짓고
자손을 번창시킨 도시
자동차는 없고 곤돌라란 배가 교통수단인데
세계의 이름난 문화예술인들이
가장 좋아하는 항구라네
세계에서 유리 기술이 최초 최고로 발달한 곳
갈릴레오가 처음으로 망원경을 만들어
성당 광장 앞 종탑에서
천체를 관망하던 곳
시간마다 알리는 시계탑의 종소리를 들으며
베니스의 아름다움에
세계인들은 오늘도 취해 있다

지구

우주에서 보는
지구의 모습은 참 우습다

푸른색은 바다
붉은색은 육지다

저 작은 동그라미 속에서
지지고 볶고
야단들인데

결국 지구를
떠나지도 못하면서

수상도시 베니스 2

-유럽여행

알프스산맥을 지붕 삼고
지중해를 가슴에 품은 베니스에는
헤밍웨이와 셰익스피어, 바이든이 즐겨 찾던 곳
악보와 극본이 나오고 시와 소설의 소재가 되고
시내의 모퉁이마다 고풍찬란한 성당들이 있고
황제가 살았던 집들이 온전히 보존되어
관광객들의 가슴을 숙연하게 하네

원래 베니스는 상업의 도시
골목마다 상점과 상인들이
낯선 동양인을 반기는구나

양념

같은 음식 재료로도
손맛에 따라
그 맛이 다 다르다는데
참기름 들기름 골고루 쳐
무치면 같은 반찬이 되고
외국인들이 한식을 보면
고추장에 고추 찍어 먹는 것을
이상해한다
외국 음식 중 중화요리는
향료 때문에
못 먹는 내 입맛
우리 반찬에는 깨소금이 들어가야
맛이 나는 법
이것처럼 얄팍한 삶에도
어떤 양념을 쳐야 활력과 보람이
솔솔 생겨날지

계절근로자

감자밭에서
감자를 캐고
고랭지 무 배추밭에서
힘든 일 하는 그들은
다른 나라 사람들이다
멀리는 중앙아시아에서
또는 동남아서
연변과 연해주에서
우리나라에 와서 날품을 파는
인력들이다
말을 잘 못해서 말이 없고
말을 잘 알아듣지 못해
눈치로 대화한다
반백 년 전 독일에 파견됐던
광부와 간호사들이 문득 생각난다
외국인 일꾼을 부리는
우리의 민낯을
그들은 어떻게 볼까

점성술

밤하늘에 그려진
저 수많은 별자리들은
인류가 태어난 후
동서를 막론하고 낮과 밤을 구분하는
이정표이자 꼭지점이구나

배의 항로도
비행기가 가는 길도
철새들이 나는 길도
북극성을 기준으로 가느니

빛나는 별들은 영원하다
생존의 역사가 시작되던 날
사람들은 태어났다 어디론가
슬그머니 떠나고
오늘 밤도 북극성은 찬란한데
운명과 숙명을 포개가진 난
그리움과 외로움에 대하여
별에게 물어본다

추어탕집

횡성군 공근면사무소
다리 건너에
추어탕집이 두 집이 있는데
첫 번째는 버드나무 집이고
그 옆에는 쌍둥이네 집이다

버드나무 집터에서
쌍둥이네가 맨 처음 세내고 할 때는
하나밖에 없어 손님들이
꾸역꾸역 모여들어
잘되니 원래 집주인이
점포를 비워달래서 그 옆에
쌍둥이네를 새로 차렸다

두 집이 다 잘 된다

머언 곳에서도 식객들이 온다
이 추어탕 두 집처럼 사람 간에도
사업 간에도 시샘 없이들
잘 살아갔으면

나쁜 머리 좋은 머리

둔재와
영재와
수재와
천재들이 있다고 한다

이 중에서
나는 어디에 속할까
내 아들딸들은 또

나는 늙었고
애들은 다 커서
잘 사는데
머리 좋고 나쁘다고
말할 사람 그 누구인가

아버지의 소원

종교를 갖고 있지 않은 아버지는
매년 초하루 새벽에
해 뜨는 동쪽을 바라보면서
꾸벅꾸벅 절을 했다
왜 하는지 뭘 소원하는지
난 모르면서도 엄숙히
아버지의 뒷모습을 지켜봤다
남들이 하기 싫은 일 궂은일 힘든 일
도맡아 하며
오직 일밖에 모르시던 아버지
손바닥은 물론 손등에도 굳은살이다
아버지의 절은 계속 됐다
나도 아버지를 따라 꾸벅꾸벅 절을 했다
눈 부신 해가 떠올랐다
그리고 오랜 시간이 흘렀다
여전히 동쪽에선 그 찬란한 해가 뜨고
그때 아버지의 소원이 뭔지
오늘 새벽 해돋이에는 알까

아버지의 손

가시에 찔리고
낫에 베이고 돌에 치인 상처가
저절로 아문 손바닥
너무 많은 일을 해서 두꺼비 등이 됐다

체구에 비해서 유난히 큰 손
농사일 막노동 일
가릴 것 없이 닥치는 대로 했다

그 힘든 일
누구를 위해서인가

당신 곁에는 가족이 있어 그 책임감인가
나는 그 가족의 일원
가신 당신의 나이를 훨씬 뛰어넘은
이 시점에서 아버지의 손바닥에
내 손을 얹어 본다

효자손

등이 가렵다
주변엔 아무도 없다
손이 닿지 않는다
살갗이 슬금슬금 심상치 않아
참기가 어렵다
벽에 걸린
대나무손 옆 가족사진에
눈길이 간다

어머니와 메주콩

내가 어릴 때
어머니가 방바닥을 쓸다가
무언가 주워서 입에 넣는다
"엄마 그게 뭐야?"
"똥 쪼가리다"
"나도 줘"
"안 돼"
그때 메주 냄새가
지금까지도 난다

속마음

피붙이가 아닌
남이
나를 위하여
기도를 해준다면
이보다 더 고마운 일이
어디 있을까
아무 조건도 걸지 않은
상태에서 위로해주고
격려해주면
그 이상 뭘 더 바랄 건가
나도 그에게 베풀 수 있는
아량이 있다면
살아 있는 동안
오래오래 잊지 않는
속마음뿐

시작과 끝

오늘도
어김없이 떠오르는
아침 해를 보며
그동안 살아온 게
참 대견하다고 생각된다

높고 너른 창공에 뜬 저 해가
내 머리 위를 지나
서쪽으로 질 때
장황한 빛은 그 무엇을
의미할까

자고 나면 하루가 간다
이렇게 반복되는 일상을
사람들은 역사란 간단한 말로
무심하게

제사

조상님 제삿날이
언제까지
존재할까

내 부모 그 위 조상
제물 가득 차려놓고

온 가족 감사하다고
꾸벅 꾸벅
절을 한다

늙은 호박

우거진 수풀 속에서
늙은 호박을 봤다
먹기 좋은
애호박일 때는
안 보이더니
언제 저렇게 슬그머니 컸나
사람도 어려서는 몰라
커봐야 알지

행복한 순간

축구 경기에서
지루하게 골이 안 터지다
어느 한쪽의 멋진 슛이 성공할 때
그 선수가 하는
세리머니와 표정

마라톤 선수가
마지막 골인 테이프를 끊고
손을 번쩍 들 때
그 얼굴 표정

시험을 치른 후
합격자 발표를 게시판이나
핸드폰에서
통보를 받았을 때

타작

볏단 낟가리 헐어
타작하는 날은
온 동네가 축제의 날

새벽부터 탈곡기 소리 요란하고
마당 한편에선
눕혀 놓은 절구통에
장정들이 볏단을 메어치고
북데기는 도리깨로 다시 떤다

쌀 한 톨 생산에 사람 손이
아흔아홉 번 간다는데
황금색 벼가
마당 한가운데 수북이 쌓이면
오늘은 굶어도 배부르고
빈농도 부자된 날이다

자식의 자식

열매나 씨앗은
싹이 터서
나무가 되고 낱알이 되고
사람은 자식을 낳아 키우는데
애들이 커갈수록
아범 어멈을 닮는구나
이 세상 이치가 이러한데
아등바등 대느니
자연의 섭리에 역행하지 말고
그런대로 살면
되지 않을까

세월은 가고

한 해가 가니
또 한 해가 시작되고
해와 달은 그대로인데
내 마음은 가볍지가 않네
사람이 산다는 것은
시간을 먹고
세월을 토해내는 걸까
아니면 물 같이 흘러가고
바람같이 스쳐가는 존재인가
정답이 없는 것이
답인가

여보라 부를 사람이 없다

아내가 있을 땐
그냥저냥
말했다

여보란 말을 안 해도
서로 알아들었다

이제는
불러야 할 사람이 없으니
진작부터
되도록 많이 불러볼걸

지금은 그 대상이
없으니
……

끓는 물

가슴에서
끓는 물만큼
뜨거운 건 없나니

땅속 깊숙한 곳에서
이글거리는 용암만큼
뜨거운 건 없으리

이들보다 더 뜨거운 건
사람과 사람 사이
사랑의 불씨지

여기가 로마인가 1

-유럽여행

이태리의 로마 시 중심부 바티칸시는
전 세계 카톨릭의 심장인 베드로 성당이 있고
천년이 넘는 긴 세월 속에 만들어진
건축물과 조각상, 그림들이
오늘의 이태리를 살찌우는구나
지중해 연안 반도의 나라
일찍 조상들이 깨우친 덕에 오늘날
그 후손들이 톡톡히 득을 보는데
우리는 어떠했나
삼국시대에는 왕권과 무신이 대립했고
조선시대에는 당쟁에 찌들고
그래도 늦게나마 깨우친 덕에
오늘은 이들을 능가할 부분이 넘쳐나고 있으며
좀 더 있으면
세계가 부러워할 동북의 작은 나라
세계인들이 우리의 발전을 배우기 위해 몰려올 거다
천 년 전의 미켈란젤로 예술품들이 즐비한 로마
눈앞에 보이는 것들이 모두 유작이고 예술품이구나

여기가 로마인가 2
-유럽여행

넓은 들 한가운데 우뚝 솟은
돔 지붕의 성당과 그 옆의 종탑은
기원 전후의 세상이 오늘에 고스란히 전해지는데
로마시대로 흐르는 강 탁하고 맑지 않지만
수천 년의 이야기를 담고 오늘도 유유히 흐르는구나
수많은 전쟁으로 죽음과 삶의 갈피에서
세상을 바라보던 강
그 강둑에 내가 서 있네

봄비는 오고

과일나무 꽃들은
빗물을 머금다
떨어지고
지렁이와 굼벵이는
목욕하러 흙속에서 나온다
기인 겨울 동안
내 몸과 영혼에 끼었던 때
이 봄비에
씻어볼까

산다는 게 별건가

산다는 게
다
거기서 거기여
좀
어렵다고
얼
마저 버리지 말고
그날 그날
재미있게
사는 거여
늘

기다리다

이미 정한 시간을
기다린다는 것은
부질없는 것이다
가만히 있어도 올 텐데

언제 올지 모를 그 막연한
사실을 알면서도
허무한 일이다

살아가면서
일어나는 내 일상의 일들
기다리든 말든
올 것은 오고야 말고

사람들은 그래도 기다린다
지치다 허망한 시간 보내며
나도 이 속에 끼어
조바심만 떤다

전염병

봄을 맞이하는 게
뭐 그리 급한지
매화는 눈 속에서 꽃망울을
맺는가

온 세상이 어수선한 틈을 타
신종 전염병이 나돌고
구한말 때는 천연두 때문에
한국전쟁 때는 염병으로 혼났지

전염병은 백신으로 예방하는 거야
손 잘 씻고 마스크 쓰면 되는 거야

봄이라긴 아직 이른 철
찬바람이 옷소매를 파고드는데
흙 속에 온기는 바위틈으로 솟아나고
땅 위에선 그 흔한 꽃나무 중
매화가 먼저 꽃을 보여주는 건
전염병으로 먼저 세상 떠난
영혼들을 위로함인가

배부르면 잊는다

덜 여문 보리 이삭을 잘라
가마솥에 볶아
밥을 지었다
보릿고개를 힘들게 넘었다
어머니는 쌀밥보다
보리밥이 좋다 하시며
외아들과 아버지에게 쌀밥을
골라 떠주었다
반세기가 조금 지난 요즘
음식물 쓰레기가 넘쳐난다
보리밥이 당뇨에 좋다고
야단들이다
어머니는 선각자인가
어슬핏한 정치꾼들
배가 부르면 과거를 잊는가 보다
보릿고개를 무너뜨린 당사자들을
독재니 적폐니 하면서
몰아붙이는데 그들은
오천 년 역사에서 가난을
몰아낸 거룩한 분들 아닌가
공과를 봐야지

로마 여행기

이태리의 수도 로마에 있는
바티칸시는 세계 가톨릭 심장인 성당이 있고
천 년 전 지어진 건축물들과
조각 그림들이 이 나라를 먹여 살리는구나
유럽의 지중해 반도의 나라
일찍 조상들이 깨우친 덕에
그 유물을 잘 보존해 후손들이 톡톡히
덕을 보는데
우리는 어떠했나
삼국시대는 이웃 나라끼리 싸움만 했고
조선시대는 양반 세상에 백성은
힘들었고 그래도 늦게나마 깨우친 덕에
시방은 온 세계가 부러워하는
나라가 됐지
로마의 거리는 모든 게 예술품 도시의 한가운데
우뚝 솟은 돔 지붕의 성당에 미켈란젤로 그림
로마시내를 흐르는 맑지 않은 탁한 강물
천년의 이야기를 품고 말없이 흐르는데
그 강둑에 내가 서있구나

아침 풍경

감나무가 되라고
접붙인 오얏나무 가지에
살이 통통히 찐 새들이
아침부터 열매를 따 먹는구나

열라는 감은 안 열고
도토리만한 오얏만 잔뜩 열렸으니
새들이 좋아할 수밖에

이른 새벽

사방은 짙은 안개가 자욱한데
아침 먹으러 새들이
또 모이는구나
부르지도 않았는데

3부

헛소리

헛소리

벗들이 모여서
이야기를 한다

꿈이 그대로 이뤄진다면
어떤 일들이 벌어질까

죽었던 사람들이 살아온다면

이렇게 모여서
떠드는 것은
언제까지 가능할까

모두 헛소리다

꽃씨

민들레는
바람에 날려서
퍼지지만
어떤 꽃씨들은
사람의 몸에 묻어서
퍼진다
바람에 날리든
사람에게 묻어서 퍼지든
꽃씨들은 내년에
또 고운 꽃을
내 마음속에
피우겠지

하얀 꽃

배나무 꽃
찔레꽃
목련꽃 외 등등등
하얀 꽃이 참 많다
난 그 하얀 꽃들 중에서
유난히도
단상에 놓여진
국화 한 송이가
눈에 아른거린다

꽃과 음악

꽃은 눈으로 보고
음악은
귀로 듣는다
말은 둘 다
아름답다고 한다
꽃과 음악 사이
거기에 내
영혼과 가슴이
존재한다

사람과 꽃

꽃인가 하고 봤더니
사람이더라

풀인가 하고 살폈더니
그 또한 사람이더라

사람인가 하고
자세히 보니
이번엔
풀꽃들이더라

약에 쓰는 풀꽃

보라색 꽃이 예쁜 엉겅퀴는
톱니 이파리에
볼품은 없지만
요즘 들어 귀한 대접을 받는다
뿌리 대궁 잎 꽃 할 것 없이
민간요법 한약 재료로서
아픈 사람을 고친다는 것은
얼마나 좋은 일인가
그가 잘 자라는 곳은
좋은 땅이 아니다
외양간 두엄발치 소 오줌이 질척한 곳
개울가 자갈밭 근처
밭도 산도 아닌 곳
흙만 있으면 되지
사람들은 홀대하지만
사람을 위해 있는가 보다

조화

죽지도 살지도 않는
꽃다발

인형 앞에선
똑같구나

사람과 생화는 생명이 있거늘
모양만 예쁘면 뭐 하나
향기가 없는데

그런데도 없는 것보다는 나아
물 없는 꽃병에 꽂아두니
색깔은 곱구나

곤충의 노래

귀뚜라미
노래할 때면
난 유년시절을
상상하며 그 감미로운
때를 잊지 못해
살며시 가을 창문을 열고
수십 년 전으로 돌아가
아버지와 어머니 누나
그 얼굴을 뇌 창고에서
찾아내 얘기를 나누면
늦여름 숲속에서
마지막 짐을 꾸리는 반딧불을 보고
귀뚜라미는
찌리리찌리리
찌르르찌르르

생각만 해도

어두울수록
더욱 밝게 빛나는 것들이
별들이다

아주 먼먼 곳에
무수히 떠 있는 별들의 세계
거기에도 사람들이 살까
물과 산과 숲과 꽃도 필까

지구에서 살던 사람들이
마지막 가는 곳이
어딘지 모르는데 혹시
은하계가 아닐까
현대과학이 언젠가는 그 답을 주겠지
기다리다 보면

그것 때문이다

그립다는 것은
사람이기 때문이다

외롭다는 것은
혼자이기 때문이다

슬프다는 것은
느낌이 있기 때문이다

사랑하고 좋아한다는 것은
너와 내가
살아있기 때문이다

쓸데없는 것

세상에
쓸데없는 것들이
있을까?
쓸데없는 곳에
돈 쓰지 말고 모임도 자제하라
당부한
아내의 말이 새삼스러운데
돈 쓸 데는 자꾸 생기고
줄일 모임을 찾자니
그도 난감해
있는 대로 그런대로
살기로 했네

아내가 싫어했던 것

거실 바닥 너저분하게
신문지나 광고지 책
같은 것 막 흩어져 있는 거

오줌 싸고
물 안 내리는 거
세수하고 물 안 쏟는 거

말 안 듣는
내 행동거지가
너무 많아서 아내는 먼저
떠났는가 보다

너무 많아서

성묘 가는 날

오늘은
저승의 가족을 만나러
가는 날

이승을 떠난 지
아주 오래된 구 조상님들도
십 년 전 내 곁을 떠나
이곳에 잠든
아내가 있는 곳이다

벌초하는 날은
비가 와도 가지만
명절 쇠고는 빠질 때도 있느니

지난날 아내가 있을 때
어버이 분묘가 손실돼서
한식 청명 날에
삼태기 호미 삽으로
흙 파서 봉분을 메웠는데
그때 묻어왔는지
할미꽃 한 송이 살며시
허리 굽히다

주변을 살펴보면

매일 뽑아주지 않으면
마당엔 잡초들이 무성하고
가리지 않고 사람들을 사귀다 보니
내 주변엔 별별 사람들이
수두룩하네
이들 중에는
욕심이 너무 많은 자도
사는 형편에 비해
분에 넘치는 기부자도 있고
지나간 사연과 오지 않은 미래에
집착해 혼자서 울상 짓는
사람도 있지만
오로지 현재의 일상을
만족해하는 지인들도
그럼 나는 어느 유형에
속하는지

힘들 땐

지쳐서 힘들 땐
하늘을 보자
그래도 힘들 땐
땅을 보자
하늘엔 흰 구름 뭉치가
한가롭고
땅엔 개미들이 그 작은 몸뚱이로
일을 한다
그래도 힘들면
거울을 보고 피식 한번
웃어보자

구름처럼 바람처럼

하루 이틀을
살아가는데
근심 걱정 하나도 없는
그런 사람 있을까 있다면 그건
사람이 아니지
사람이라면 작든 크든 이런저런
사연의 고민을 지니고 살지
여보게 친구들
외롭고 괴로움이 있다 한들
영원한 이별만 하겠는가
늦은 나이 취미 따라 모임 갖고
못 가본 곳 여행하고
먹고 싶은 것 실컷 먹다가
상큼하게 남은 이승 살은 후
구름처럼 연기처럼 물거품처럼
홀연히 사그라지자꾸나

나는 밤마다 꿈을 꾼다

나는 밤마다
꿈을 꾼다
길몽도 흉몽도
산 사람도 죽은 사람도
만난다
꿈에선
안 이뤄지는 게 없네
죽었다가도 살아나고
살았다가도 죽네
오늘 밤에는 또
어떤 꿈을
꿀지

법당 참배

명절을 쇠고
절에 갔다

부처님께 절하고
망자의 영전이 있는 벽에
또 절을 하는데
"어? 왜 할머니 사진이 없어"
"할머니 사진은 뒤쪽에 있나 보다…"

둘째 손자는 얼른 앞쪽 사진을
뒤쪽에 놓고 할머니 영정을
앞에 놓고 다시 절을 한다

손자 귀여워하던 보람을
법당에서 보여주네

어느 여름날 밤

댓돌 위에
쑥 한 줌 듬뿍 쌓고
불을 피운다

진한 쑥 타는 냄새
하루살이와 모기들은 어디로 갔나

식구들 도란도란 모여 앉아
호밀국수 한 대접 게 눈 감추듯 먹고
별 속에 가린
초승달 보며
머언 먼 하늘나라 여행 떠난다

오늘 하루도
힘든 농사일에 슬며시 오는 잠
모닥불 앞에서
꿈꾸던 그때

단추를 달며

떨어진
단추를 단다

첫 단추를 잘못 달면
끝 단춧구멍이 맞지 않는다

손놀림이 어색해서
잘 되지 않는다

혼자 배운 건데 뭐
자위로 여긴다

옷은 떨어져도 단추는 붙어있게
단단히 달아야지 쓸모가
없다 해도
나처럼

4부

그리움과 외로움

그리움과 외로움

그리움과
외로움은
한통속이다
이것을 이겨내는
비법은 없을까
내가 할 수 있는 것은
그리움은 잊고
외로움은 접고
슬픔이 있다면
훌훌 털어내고
그냥저냥
사는 거야

사랑과 정

사랑은
이상이고

정은
현실이다

사랑은
머리로 하고

정은
가슴으로 한다

정과 사랑은
영혼과 육체다

사랑하니까

난 너를
사랑하니까
잊어야 했다
난 그 당시 나에 대하여
나를 제일 잘 알고
있었기에
널 사랑한다고
말 못 했을 뿐
지금은 저세상 사람이 됐지만
내 가슴속 한구석에
너의 그 청순한 모습이
새겨져 있지만
아무 소용 없는 짓

짝사랑

아주 오래전
내가 청소년 시절
있었던 일
한 소녀를 무조건 좋아해
가슴앓이했지
강산이 일곱 번 변한 시방
알고 보니 그것이
내 생애
첫사랑이었나 보다

아침에

눈을 뜨자마자
어젯밤에 꾼
꿈 이야기를 나눌 이가
주변에 있었으면 참 좋으련만
그분이 누구이든 간에…
그러면
오늘 밤에 꿀 꿈도
악몽이든 길몽이든 간에
해몽도 듣고
히히히 웃을 텐데

옷장 속의 옷

옷장 속의 옷들은
그 주인의 성격에 따라
보관 상태가 다르다

차곡차곡 쌓아두는 이
꾸역꾸역 막 처넣는 이

옷장 속의 옷들은
저들끼리 말한다
구겨진 옷들은 자유가 있고
잘 정리된 옷들은
부담을 안고 있다고

그럼 내 옷들은
어떤 말들을 할까

아침

동이 트자 자연히
눈이 떠졌다
옆에 아무도 없다
물 떠줄 사람
잔소리할 사람
작든 크든
모든 걸 내 손으로 한다
지난 그동안
너무 많은 아내의 도움을 받았다
가끔은 응석도 부리고
새삼 후회스럽다
미안도 하고

쓸쓸한 아침 1

모래알을 씹는다
주변엔 아무도 없다
밥상 앞에서
투정 부리던 애들도 가고
앉을 새도 없이 주방을
부지런히 드나들던 아내는
지금 어디서 무엇을 하며
이 아침을 맞을까

쓸쓸한 아침 2

어제는
살기 위해 먹었고
오늘은
먹기 위해 사나
매일 먹는 식사는
내 몸을 지탱하기 위한 것
입맛이 없다 해도
억지로라도 먹어야 하는
쓸쓸함의 되새김이
이어지는 아침

둥지

꼬꼬 꼬꼬댁…
암탉이 알린다
"나 알 낳았다고"
꾹 꾹 꾹 수탉이 대답한다
주거니 받거니
닭들의 화목한 둥지엔
행복이 가득하다
부럽다

말다툼

제 말만 옳다 하고
남 말은 틀리다고

어거지 쓰다 보면
얻는 게 뭐 있나

지는 게
이기는 거야
뒤로 한 발 물러서 보자

봄이 남긴 말

내가
오래 머물 줄 알았더냐
난 여름을 불러오고
곧 떠난다
한번 간 봄은
일 년이 돼야 다시 오지만
내 맘속의 봄은
늘 그대로
있었으면

귀한 목숨

극단적 선택을 하는 자
자꾸 나온다
목숨보다 더 귀한 게 뭔가
혼자 해낼 수 없는 답답함
참을 수 없는 억울함
등 등 등…
죽음을 택할 용기라면
어떤 어려움도
헤쳐 나갈 텐데
뭐가 무서워 하나뿐인
목숨 가볍게 버리나
살아있을 때 죽을힘 다해
이겨내면 되지

바둑

흑과 백
바둑은 바둑판에서
겨루기다
조금 잘 두는 쪽이 흰 돌
그만 못한 쪽이 검은 돌
늘 이겼다 졌다
내기가 아니라도
재미가 난다
지든 이기든 간에

봄날

들고양이는
양지쪽에서 졸고
봄볕은 아지랑이를 타고
대지를 덮는데
살랑살랑 바람이
나뭇가지를 건들면
연두색
나뭇잎이 트고
난 어느새 봄 속에
묻혀버렸네

오월을 보내며

장미꽃이 지니
오월은 어느새
내 곁을 떠났다
내 생애
첫사랑
여인같이

가을은

결실의 계절인데도
아직 여물지 않은
곡식 옆에서
내 몸과 맘과 영혼은
쉬고 있는데
가을 아침 끼었던
안개는 서서히 걷히고
저기 산짐승 쫓는 허수아비
하나 우두커니
가을은 이렇게
오고 가는구나

눈 오는 날

함박눈은
펑펑 내리고
추위에 떨고 있는 나뭇가지에
잎을 트게 할 따뜻한 바람은
언제 불거나
밤샌 가로등은
아직도 불빛을 거두지
못했는데
빈 가슴 채워줄 그런 사람
내 곁엔 없고
함박눈만 머리에 차분히
내려앉네

첫눈

여름이 가니
가을도 가고
그런 후에 겨울이 오면
그때 오는 눈을 우리는
첫눈이라 한다
하긴 올 늦봄까지 함박눈이 왔는데
그 눈은 지난 눈인가
계절에 관계 없이 오는 비에는
첫 비는 없고
첫눈만 있어
그동안 잊고 있던
내 먼 기억을 새롭게 한다

5부

꽃잎이 떨어지는 날

꽃잎이 떨어지는 날

그날은 슬픈 날이다
내 곁에서 살며시 폈다가
얼마 있지도 못했는데
벌써 지다니

그날은 괴로운 날이다
늘 어려운 일들을 만날 때마다
눈 크게 뜨고 보던 넌데
며칠을 못 참고 가다니

그날은 악마의 날이다
아무런 이유도 없이
허전하고 멍하기도 하고
몸은 무쇠보다 무겁고…
꽃잎이 다 떨어져서
그런가 보다

행복이란

아픈 데 없고
자유가 있고
쓸 만큼의 재물이 있고
조금은 권력도 있고
외로움과 괴로움이
조금만 내 안에 존재하고
할 일감이 있고
가정은 안락하고 친구가 있다면
이게 바로 행복이지

봄은 어디서 오나

절기 중 소한 대한이
다 지나가고
입춘 우수 경칩이 오면
봄은 소리 없이
햇빛을 타고 오지
추운 겨울이었지만
견딜만했고 봄이 온다는
소식을 철새들이 알려주면서
떠날 채비를 하는데
정작 봄소식을 알려줄
그런 사람 찾을 길
나에겐 없네

눈비 오는 날엔 청국장이 먹고 싶다

늦은 가을이라고 할까
아니면 첫 겨울이라고 할까
눈비가 섞인 가랑비가 추적추적
내리는데 이런 날은
온돌방 아랫목에서
어머니나 아내가 지져주는
냄새 짙은 청국장이 먹고 싶다
이미 이런 것 해줄 두 사람
이승 떠난 지 오래고
늘 혼자인 방과 거실엔
읽다 만 책들이 여기저기 팽개쳐 있고
뒷방 서재 책상 위엔 원고지만
글씨 채워주길 바라는구나
이렇게 사는 게 몇 년째인고
앞으로도 이러겠지
먹고 입고 자고 웃고 떠들고 살지만
늘 몸과 맘 한구석이 허전한 건
눈비가 주룩주룩 와서일까?

있을 때는 몰랐지

아내가 옆에
있을 때는
덤덤히 지냈지

어느 날
그대 훌쩍 떠나
혼자가 되고 나니
모든 게 시시하고
맛이 없구나

좋은 일 나쁜 일 있어도
말할 데가 없으니
사는 맛이
싱겁다

내 영혼을 위하여

잠잘 때 잠시 내 몸을 떠났다가
깨어나면 돌아오는
내 영혼을 위하여 나는
따뜻한 물 한 컵을 준비했다

그렇게도 만나고 싶던 가족들과
생전 사후 지인들을 상봉하고
문안을 나누고 나면
정과 사랑과 눈물이 뒤범벅되어
한바탕 놀이를 하고 나니
산다는 게 이런 거구나

겨울 긴긴밤 척척 접어
다락에 넣으면
하루가 다시 시작되고
내 영혼은 어느새 내 몸에 들어와
안락한 하루가 시작되고
모두의 영혼들도 그러하겠지

담배 연기 속으로

그는
담배와 술을
즐겼다
술은 음식물을 먹을 수 있을 때까지
담배는 죽기 전날까지 피웠다
큰 체구에 통뼈
굵은 목소리
사는 동안 할 거 다 하고
스스로가
후회 없는 삶 누리다가
담배 한 대 물고
그 연기 속으로
허허허 거참…

오지 않는 그대

당신은 기다려도
결국은 오지 않는 사람
그러기에 더욱
기다려지네요

비 오는 날이면
빗방울에 실려 오실까
눈 오는 날이면
눈송이에 실려 오려나

아무래도 좋네요
오시기만 한다면

어제도 오늘도 내일도 모레도
해 뜨고 달 뜨면
난 기다리겠어요
오지 않을 그대를
뻔히 알면서

나무 밑에서

잎이 다 떨어진 나무 밑에서
하늘을 보면
하늘은 이리저리 금이 가 있고
구름이 낮은 자세로
산 아래 있으면
산은 구름 위에 떠있다
바다는 배를 이고 출렁이다가
배를 뒤집기도 하는데
여름에 그늘이 좋은 나무는
사람들을 모여들게 하고
그 나무가 베어지면
세상이 끝나는 날이다

산뽕나무

산에 있어야
더 싱싱하게 살
산뽕나무가
집 울타리 옆에 심어져
그 여름
그 가을
지나고 나서 노오란 뽕잎
단풍을 만들었구나
작은 개울소리
산새들 노래 없어도
그곳에서 불던 바람이
여기에도 있으니
산뽕나무는
외롭지 않네

운명과 숙명

운명은 앞에 가고
숙명은 뒤따라오고
이건 뭇사람들이 다 겪는 길
지난날 성인들이나
현재와 미래의 그 어떤
사람들이라 할지라도
운명과 숙명에서 헤어나가지 못함은
다 같은 걸
세상살이 잘하면
운명은 더러 피할 수 있다지만
숙명은 끝까지 따라붙어
난 동행하기로 했네

산이 말한다

골이 깊은 산은
크게 말하고
골짜기가 짧은 산은
작은 목소릴 낸다
여태까지 살아온 내 인생은
산바람에 실려
메아리로 듣고
산자락 밑에서 그럭저럭
여기까지 왔는데
이제 어떤 모습으로
살 건가를
산이 말해주기 전에
나 스스로 산에게 말을 건다
시원한 대답을
못 들으면서도

흙의 힘

땅 위의 모든 것들이
살아나 움직이기 시작했다
말랐던 이파리는 떨어져
흙의 먹이가 되고
더러는 바람에 날려
어디론가 떠나갔다
이제 남은 건 따뜻함과
넉넉한 품 안
오곡의 씨알을 받아줄
준비가 되었으니 이제
농부의 일손만 기다릴 뿐
꼭 종자만 아니고
이름 모르는 풀씨라도 좋다
골고루 싹 틔워서
세상에 보여줘야지

새들의 대화

새들끼린
서로 말이 통하는가 보다
지난해 오랍들 텃밭에
풀을 매지 않아
우거진 수풀이 말라
풀씨가 많은데
이른 아침부터 새들이 모여든다
참새 콩새 종달새
쩍쩍 찍찍 쫑쫑 저들만이
알 수 있는 말로
종알대며 아침을 먹는다
내가 새들 말을 들을 수 있다면
어떤 세상이 될까
하긴 요즘도 더러는 사람들 간에
말이 안 통하지만

외롭다는 것

주변에
말 상대가 없고
시간을 같이 할
그런 사람이 없다면
외로운 사람이다

집 밖에 나가도
만나볼 지인이 없다면
그 또한 외로운 사람이다

많은 걸 갖고 있으면 뭘 하나
봐주는 이 없고
부러워하는 사람 없으면
그게 바로
외로움이다

시평

제19회 〈세계문학상〉
2021년 올해를 빛낸 작가상 심사총평

금년도로 제19회를 맞이한 「세계문학상」, 2021년 올해를 빛낸 작가상은 코로나19로 방역규제 속에서도 그 어느 때보다 비대면의 문학 활동은 뜨거웠다. 다양한 주제로 수준 높은 작품들 중에서 개성 있고 참신한 우수작을 선정하기엔 어려움과 고충이 많았다. 예심과 본심을 거쳐 최종심의 결과를 다음과 같이 부문별로 수상작을 개진하고자 한다.

먼저 시 부문 대상은 강정식 시인의 「시간이 쌓이면」을 선정한다.

한 시점에서 다른 시점까지의 사이에서 시작은 있으되 끝도 없는 공간 안에 헤엄치듯 사는 사람들은 미래를 먼 발치로 보면 허무하기만 할 텐데 모르는 채 기를 쓰고 산다는 지극히 평범한 상식 앞에, 공감하고 감동에 휩싸이는 이유에 대하여 아무도 이의를 제기하지 않는 것은 바람에 대한 기대가 엄청난 울림으로 다가오기 때문이다. 또한 일상의 언어로 결합된 형상화는 시어의 내포적 의미를 이용하여 마술적 기능을 잘 살려 크고 넓은 시야를 지니고 어떤 고통이라도 참고 견디는 힘을 만드는 이미지로 승화시켰다. 표현과 내용을 아우르는 능력이 돋보여 대상 작품으로 손색이 없다 하겠다.

그리고 시 부문 본상은 서춘성 시인의 「낙화」, 신영철 시인의 「호수에 물방울」, 이명은 시인의 「고향 박꽃」, 장형주 시인의 「목 타는 그리움」, 최동희 시인의 「여백」을 선정한다. (하략)

시평2

제30회 한국농민문학상 심사평

어둡고 칙칙한 터널 속 같은 코로나19도 이제 서서히 물러가고 계묘년 새해 새봄과 함께 밝고 맑은 바람이 불어오고 있습니다.

불철주야 창작 활동에 여념이 없으신 전국 농민문학 작가 여러분들에게 경의를 표하며 인사를 드립니다.

지난 1월 7일 11시 안국동 농민문학 사무실에서 시인 장윤우 선생 소설가 이동희 선생 그리고 저(신현득, 시인 아동문학가) 세 사람이 한국농민문학회 함영관 부회장이 배석한 가운데 한국농민문학상과 농민문학작가상 심사를 하였습니다. 지난 12월 28일 이사 운영위원 연석회의에서 추천한 한국농민문학회 회원들의 작품집, 발표한 작품, 전국의 작가들의 작품집을 놓고 장시간 논의 끝에 제30회 한국농민문학상에 강정식 시인과 정원식 시인, 제28회 농민문학 작가상에 박형호 시인, 한국농민문학상 우수상에 김윤희 시인, 농민문학작가상 우수상에 윤주현 시인으로 결정하였습니다.

강정식 시인은 1990년 〈농민문학〉 시 당선으로 문단에 나온 후 김동명문학상 농협문학상 외 많은 문학상을 수상하였고 시집 「화양강에 달이 뜨면」 수필집 「홍천살이 70년」 「무궁화 큰 잔치, 화합의 한 마당」에 나타난 농촌 농민의 삶과 향토애를 승화시켜 형상한 문학정신이 높게 평가되었습니다. (하략)

상투성을 탈피한 몇 편의 시

김치홍(문학평론가)

  문학에서의 상투성(常套性)은 독자를 문학에서 떠나게 하는 중요한 요인 중의 하나다. 독자가 문학으로부터 떠남은 마치 동어반복으로 의한 지겨움으로부터의 도피와 같은 것이다. 그래서 원종찬(元鍾讚)은 어느 대담에서 문학의 상투성은 곧 문학의 죽음이라고 했다.(〈책 속에 친구 같은 주인공이 없어요〉,《경향신문》2001. 1. 12) 그런 의미에서 상투적인 글쓰기는 문학이 스스로 파멸의 구덩이를 파는 행위와 같을 것이다.

  문학의 상투성은 어디에서 비롯되는가? 그것은 작가가 세상을 보는 안목과 그것을 언어로 표출해 내는 행위에서 비롯된다. 반복되는 일상과 빈틈없이 꽉꽉 막힌 제도와 관습을 바라보는 고정된 시각이 반복적으로 노출이 되면 관심의 폭은 줄어들고 끝내는 혐오하게 될 수도 있다. 시를 읽는 독자는 상투성에 대해 본능적으로 혐오한다.

  시는 이런 고정되고 교착된 관점에서 벗어나 새로운 안목으로 우리사회와 삶을 새롭게 바라봄으로써 인간의 원초적 자유를 지향하게 된다. 이것은 인간의 삶을 둘러싼 모든 제도와 관습이 반복되면서 일상화되는데 그 원인이 있다. 그러면서 인간은 자신도 모르는 사이에 삶의 전부가 길들여진다. 관습이나 제도뿐만이 아니라 인간관계도 타성(惰性)으로 길들여짐에 따라 역설적으로 제도화된 일상성에 의해 제약당한 인간의 삶은 원초적인 자유를 갈망하게 된다. 이 자유에 대한 갈망이 시로 표현되었을 때 독자는 시를 읽는 기쁨과 카타르시스를 느끼게 된다. 따라서 시는 깊은 사유(思惟)를 통해 상투성에서 과감하게 탈피하여 원초적인 자유를 갈망하는 모든 이에게 희망을 안겨 주는 예술 행위 중의 하나이다. 그러므로 상투성과의 결별을 시도하는 인식론적 행위를 통해 시는 참신성을 발휘하게 된다. 이것은 주제나 제재에 대한 상투적인 이해와 세상을 바라보는 시각이 교훈적이고 회고적이며 상투적인 데서 벗어나야 함을 의미한다.

상투성을 형성하는 또 하나는 표현에서 발견된다. 대부분 언어로 표현하는 과정에서 상투성이 시의 진부함을 드러내는 실체가 된다. 시인의 창조성 중에 참신함은 표현에서 결정된다. 시를 쓰는 것이 창조적 행위가 되는 것은 이런 것 때문이다.

독자가 한 편의 아름다운 시를 만났을 때 기뻐하고 감격하는 이유는 이런 두 가지 요소를 충족시켜 주었을 때이다. 한 마디로 시의 성패는 그 작품의 독창적인 안목과 표현의 참신성에 있다. 안목에 의해 소재를 선택하고 그것을 해석하여 주제에 착안하고, 그 주제를 형상화하는 데 필요한 참신한 묘사와 구성이 조화를 이룰 때 창작의 독창성이 드러나게 되는 것이다. 그러나 수많은 시인이 눈여겨보고 창작한 주제나 소재는 보편적 실체여서 참신한 표현을 하는 데 어려움을 가져온다. 소재나 주제가 일반화된 상식의 범주에 놓이기 때문에 창작의 요소인 독창성, 개별성, 특수성을 두루 포용하기엔 어려움이 따르고 오히려 상투적인 시가 되고 만다. 이러한 시들은 우리를 일상의 쳇바퀴에서 벗어나지 못한 답답함을 위로해 주지도 못하고 오히려 더 답답함을 가중시키게 된다. 이것은 스스로 문학임을 포기하는 것이다.

이번 호의 테마 획은 '토종'이다. 토종이란 무엇일까? 어의만 따지고 보면, '전부터 있어 내려오거나, 한 지방에서 특유하게 나는 종자'(《우리말 큰사전》, 한글학회, 어문각, 1992)라는 뜻으로, 대대로 그 땅에서 나서 오래도록 살아 내려온 것을 의미한다. 그러나 이런 어휘 풀이로 인해 생긴 흔한 오해 중 하나가 옛날 옛적부터 한반도에서 '자생'한 것만이 토종이라고 여기는 것이다. 이러한 어휘 풀이에 들어맞는 작물로는 콩 하나뿐이라고 한다. 따라서 '전부터 있어서 내려오는 품종'으로써 토종 씨앗은 콩 외엔 사실상 없다는 것이다. 그러나 일반적으로 말하는 토종은 처음엔 한반도에 없었더라도 유입되어 어떤 지방에서 여러 해 동안 재배되어 그 지방의 풍토에 알맞게 된 종자를 지칭하는 것으로 '토착화'의 과정을 거친 것을 의미한다. 바로 이 '토착화' 여부가 토종을 판가름하는 기준이 되는 것이다.

이런 의미에서 수필가 윤오영(尹伍榮, 1907~1976)의 〈마고자〉는 토착화 과정을 통한 토종화의 의미를 잘 표현해 주고 있다. 청나라의 마괘자(馬褂子)가 우리나라로 들어와서 마고자가 된 사연을 이 수필을 통해 이해하면 토착화의 의미를 잘 터득할 수 있을 것이다. 여기서 토착화라고 했지만 이것은 전통의 또 다른 말이다. 즉 토종은 전통을 상징적으로 표현한 말이다. 전통은 고착되어 있는 것이 아니라 끊임없이 변화 개량의 과정을 거쳐 우리의 성정(性情)과 문화에 맞도록 토착화하는 것이다. 따라서 전통의 계승은 골동품을 보존하고 지키는 것이 아니라 현재 우리의 문화에 유용한 것을 받아들여 토착화하는 것이다. 이런 의미에서 토종은 고착된 골동품이 아니라 시대의 변동에 따라 우리의 문화적 환경에 맞도록 토착화하여 전통이 된 것이다.

이번 호의 테마기획의 시들은 주로 토종을 외래종과 대립 개념으로 이해하여 이분법적인 논리체계를 바탕으로 하고 있다. 따라서 토종은 좋고 바람직한 것이며, 지켜야 할 것이고, 외래종 혹은 변종은 부정적인 것이거나 나쁜 것으로 폐기해야 할 것으로 보고 있다. 이런 자세는 흑백 논리의 범주를 벗어나지 못한 것에서 기인한다. 예를 들면 배상호 시인의 〈토종과 변종〉이 대표적인 경우이다. 제목이 의미하는 바와 같이 토종과 변종을 대립개념으로 이해하면서 '개'를 소재로 하고 있다. 주거문화의 변화로 개를 기르는 방식이 달라지면서 주거공간 밖에서 '기르는' 토종과 애완동물로 주거공간에서 '함께 생활'하는 변종으로 구분하고, 변종으로 인해 토종은 사라지고 있

는 현실을 개탄하고 있다. 이러한 인식의 저변에는 토종
은 좋은 것이고 변종은 부정적이라는 인식이 자리하고 있
다. 이것은 문화의 차이를 극복하지 못한 데서 기인한 것
으로 개를 우리의 전통적인 주거문화에서 기르는 대상으
로 보았던 것을 주거문화의 변화와 애완동물이라는 인식
변화의 결과, 즉 개를 공생의 대상으로 인식이 변한 문화
의 차이를 이해하지 못하여 부정적으로 본 것이다. 이러
한 변화된 문화를 부정적인 것으로 보지 말고 변화의 원
인이 어디에 있는지, 혹은 지향해야 할 가치는 무엇인지
에 대한 천착을 통해 현재의 문화의 변화에 대한 발상의
전환이 필요하다. 이번 테마기획의 시들은 이러한 인식을
함께하고 있는 시가 대부분이었다. 김종상 시인의 〈이름
이 값인가 봐〉의 경우는 고유어와 외래어/외국어를 대립
구조로 이해하고 토종과 외래종을 설명하고 있을 뿐 의
도는 같다. 바람직한 것은 이분법적인 태도에서 벗어나
더불어 살 수 있는 다양성이 공존하는 방안을 모색하는
것이라고 할 수 있다.

　이런 가운데 강정식 시인의 〈야생화〉가 눈을 사로잡는
다. 이 시와 최진환 시인의 〈우리 것을 찾아서〉, 안영선
시인의 〈일편단심 민들레야〉를 비교해서 보면 그 차이를
이해하는 데 좋을 것이다.

　결국 풀들은 꽃인 것이다
　울타리 안 텃밭

김을 매지 않아 수풀이 우거져
꽃밭이 됐다
내가 이름을 아는 꽃은
질경이와 금낭화 토끼풀 민들레…
민들레 흰 꽃은 토종이고
노란 꽃은 외국산이란다
아내가 있을 때는 선택된 꽃들만 있었는데
지금은 모든 풀들이 야생화 천지를 이루고
난 그 속에 끼여서 덤덤히
오늘을 산다.

―〈야생화〉 전문

종결어미 '~다'를 중심으로 네 개의 연으로 나누면, 1
연은 꽃이 모두 동일한 존재임을, 2연은 동일한 상황에서
공존의 삶을 이루고 있음을, 3연은 간접 인용을 통해 차
별화의 근거를 제시했고, 4연은 차별화의 주체가 사라진
지금은 모두가 야생화라고 하는 동일한 존재가 되어 차
별 없이 함께 누리고 있음을 노래했다. 3연은 다른 시들
처럼 토종과 외국산이라는 차별의 기준을 통해 이분법적
으로 구분하는 것을 지적하여 노랑 민들레가 외래종임을
언급하였으나, 그것은 극복되어야 할 것임을 간접화법을
통해 암시하고 있다. 노랑 민들레는 이미 우리나라에 유
입된 지 1세기가 넘어 토착화되어 자생종이 된 것이다. 외

래의 것일지라도 우리 민족문화의 창달에 기여할 수 있는 것을 수용하여 토착화되면 토종이라고 해야 할 것이고, 우리 고유의 것일지라도 고착된 골동품의 처지에 있다면 과감하게 털어버려야 한다. 이러한 인식과 달리하고 있는 시로는 최지한 시인과 안영선 시인의 민들레를 소재로 한 경우이다. 토종 민들레와 서양 민들레로 구분하여 긍정과 부정의 대상으로 인식하고 있는데 그렇게 판단해야 할 논리적 근거는 없다. 무조건 우리 것이니까 좋고 외래/외국의 것은 우리의 것이 아니어서 부정적으로 바라보는 시각은 논리적으로 민족적 우월감을 드러내고 있을 뿐이다. 그 연장선은 우리 민족은 단일민족이라는 데서 우월감을 갖는 것과 같다고나 할까. 무조건 우리의 것이 모두 좋다는 것은 자칫 국수주의(國粹主義)에 경도(傾倒)될 위험성을 초래할 수 있다. 제네바에 본부를 둔 유엔 산하의 인권기구인 인종차별철폐위원회(Committee on the Elimination of Racial Discrimination, CERD)는 2007년 8월 9일 열린 회의에서 한국사회가 '단일민족'이라는 개념을 극복하라고 권고하는 보고서를 내놓았다. 단일민족을 강조하는 것은 국제적인 기준으로 볼 때 인종 차별적 행위에 해당할 수 있다는 지적이다. 이런 관점에서 보면 강정식 시인은 이 시를 통해 우리가 지향해야 할 가치가 차별 없는 공존의 삶이라는 것과 인류의 보편적 가치를 추구하는 것이어야 함을 보여주고 있다.

이런 관점에서 토종을 주제 혹은 제재로 한 시들은 토종이 왜 좋은 것인지 논리적 근거가 없이 무조건 우리의 것이니까 좋다는 식의 토종찬양의 상투적인 태도에서 벗어나야 할 것이다. 그렇게 함으로써 상투적인 인식의 틀에서 탈피하여 사물에 대한 새로운 의미를 창조하거나 양식의 실험을 통해 참신한 세계를 보여줄 수 있을 것이다. 그럼에도 불구하고 상투적인 관점과 표현으로 점철된 것은 삶 또는 대상에 대한 피상적 인식이 가져온 결과일 것이다. 따라서 시인은 끊임없는 사유를 통해 시를 둘러싼 소통체계 자체에 대한 반성이 사상(事象)에 대해 새로운 독법의 당위성을 일깨워 줄 수 있는 고민이 필요하게 됨을 인식해야 할 것이다.

《농민문학》 2021년 가을호 시평에서 부분 발췌함.

시간이 쌓이면

강정식 지음

발행처	도서출판 **청어**
발행인	이영철
영업	이동호
홍보	천성래
기획	남기환
편집	이설빈
디자인	이수빈 ｜ 김영은
제작이사	공병한
인쇄	두리터

등록   1999년 5월 3일
          (제321-3210000251001999000063호)

1판 1쇄 발행   2024년 3월 30일

주소   서울특별시 서초구 남부순환로 364길 8-15 동일빌딩 2층
대표전화   02-586-0477
팩시밀리   0303-0942-0478
홈페이지   www.chungeobook.com
E-mail   ppi20@hanmail.net

ISBN   979-11-6855-235-7 (03810)

본 시집의 구성 및 맞춤법, 띄어쓰기는 작가의 의도에 따랐습니다.